孩子愛讀的漫畫四大名著

水滸傳

施耐庵　原著

前言

看漫畫　讀名著　品經典

最妙趣橫生的紙上閱讀

中國四大古典文學名著《三國演義》、《水滸傳》、《西遊記》和《紅樓夢》是中華民族智慧的結晶，具有極其珍貴的文學藝術價值，為我們提供了寶貴的文獻資料，滋養了一代又一代人的精神世界。

法國思想家笛卡兒說：「閱讀優秀名著就像和高尚的人進行交談，他們在談話中向我們展示出非凡的智慧和思想。」讓小朋友從小閱讀名著，領略傳統文化的精髓，是增長見識、提高修養的有效方式。

然而，四大文學名著成書於明清時期，由於語言古雅，篇幅較長，使很多小朋友望而卻步，錯過了接觸文學精品的機會。而漫畫是一種深受小朋友喜愛的閱讀形式，以生動、形象、幽默著稱。一幅幅色彩斑斕的圖畫，將跌宕起伏的精彩故事表現得淋漓盡致，其人物鮮明有趣的造型、生動的表情及鮮活的性格躍然紙上，讓孩子在趣味盎然的閱讀中感受名著的魅力。

本套叢書精選了原著裏最精彩、最生動的故事，請來一批優秀的插畫家繪製精美的漫畫，為小朋友展開一次奇妙的紙上閱讀之旅，讓古典名著變得可親、可讀、可感、可賞：親歷龍吟虎嘯的三國傳奇，且看諸葛亮如何草船借箭；加入激昂悲壯的梁山聚義，目睹英雄武松景陽岡打虎；開始一段新奇玄幻的取經之行，跟齊天大聖一起三打白骨精；做一場榮衰無常的紅樓情夢，感歎賈寶玉和林黛玉的淒美愛情。

與經典同行，和漫畫共舞，讓經典的魅力歷久彌新。希望本套叢書能帶給小朋友美好的閱讀體驗，願大家在妙趣橫生的閱讀中與古典文化碰撞出智慧的火花。

主要人物

晁蓋

吳用

魯智深

李逵

林沖

武松

盧俊義

花榮
柴進
呼延灼
徐寧
關勝
高俅
史文恭
蔡京

目錄

名著導讀

北宋年間，奸臣當道，民不聊生，許多英雄好漢不堪欺凌，奮起反抗。來自五湖四海的一零八位好漢先後聚集水泊梁山，扯起「替天行道」的大旗，劫富濟貧，除暴安良，鬧得轟轟烈烈。

樂於救人於危難之中的及時雨宋江、敢於同惡勢力鬥爭的武松、嫉惡如仇的花和尚魯智深、愛恨分明的黑旋風李逵、生性耿直的豹子頭林沖、做事謹慎的玉麒麟盧俊義、精通多般武藝的入雲龍公孫勝、足智多謀的智多星吳用……一百零八位綽號響亮的英雄人物，個性鮮活獨特，他們究竟會演繹出怎樣的傳奇故事呢？在《水滸傳》裏，將會馬上為你一一揭曉。

第一回 得罪高太尉

北宋年間，奸臣當道，民不聊生……

1 哲宗年間，宋朝的東京出了個無賴高俅，不僅球踢得好，拍馬屁的功夫也一流，因而當上了駙馬爺的近身隨從。

2 一天，高俅在院子裏踢球。皇帝的弟弟端王看見了，非常欣賞他。

3 端王當上皇帝後，就封高俅為殿帥府太尉。這下，高俅飛黃騰達了！

4 高俅上任那天，幾乎所有文武百官都去道賀。不用多說也知道高俅有多得意了！

5 可是，當他聽說八十萬禁軍教頭王進因病沒來時，氣得火冒三丈，立刻派人去抓王進。

6 高俅原本想狠狠地痛打王進一頓，但眾人都替王進求情，高俅只好把他放了。

7 王進怕高俅再來找自己麻煩，就帶着母親連夜離開京城，前往延安經略府投軍。

8 途中，母親病倒了。王進只好帶着她，借住在史家村的史進家。

9 一天，史進在院子裏練棒。王進見了，就說：「這棒使得好，但有破綻，贏不了真好漢！」

10 史進很不服氣，就讓王進跟自己比試比試。結果，還沒打兩下，史進就輸了。

11 史進見王進的功夫這麼好，就拜他為師，請他教自己武藝。

12 此後，史進每天在王進的指導下騎馬射箭，練習武藝，十分刻苦。

13 一轉眼，大半年過去了。見史進的功夫大有長進，而母親早已康復，王進便告別史進，繼續上路。

14 後來，因為史進與少華山上三個佔山為王的頭領來往密切，官府便派兵包圍了史家大院。

15 史進一把火燒毀莊院，殺了出去。他不願投靠少華山的頭領，就出發去找師父王進。

史進一路上風餐露宿，半個月後來到了渭州。

1 渭州也有一個經略府，史進猜想師父王進可能在那裏，就走進一間茶館，向店小二打聽消息。

2 這時，一個滿臉鬍子的大漢走了進來。他名叫魯達，是渭州的提轄，為人疾惡如仇，愛打抱不平。

3 魯達和史進一見如故，很快就成了好朋友，兩人還相約去酒樓喝個痛快。

4 在酒樓裏，他們遇到了外號叫打虎將的李忠。三人大口喝酒，大塊吃肉，痛快極了！

5 忽然，隔壁傳來一陣哭聲。魯達聽了覺得心情煩躁，生氣地把杯碟摔了一地。

6 店小二只好把隔壁的金氏父女帶了過來。原來，他們受盡了當地一個姓鄭的屠户的欺凌，才傷心地哭起來。

7 弄清了事情的緣由，魯達生氣地一拍桌子，說：「豈有此理！我去教訓一下那個流氓！」金氏父女對魯達感激萬分。

8 第二天，魯達找到鄭屠的肉舖，說：「給我來十斤瘦肉，不能有半點肥的！再來十斤肥肉，不能有半點瘦的！」

9 鄭屠剛把肉包好，交給魯達，魯達又要了十斤軟骨，不能有半點肉在上面。鄭屠覺得可笑，說：「你是故意來找麻煩的嗎？」

10 「沒錯！」魯達猛地將兩包肉砸了過去。鄭屠知道自己被耍了，氣得大叫，拿起尖刀朝魯達砍過去。

11 魯達眼明手快，一把抓住鄭屠的手，狠狠地踹了他一腳。

12 只聽見「啊呀」一聲，鄭屠四腳朝天，倒在地上。魯達趁機踏住他的胸脯，掄起大拳頭，狠狠地打下去。一拳、兩拳、三拳……

13 打了一會兒，鄭屠便斷了氣。「死了？」魯達心中一驚，心想鬧出了人命，官府一定會派人來抓我，還是趕緊逃吧！

14 魯達站起身來，故意指着鄭屠的屍體說：「你這沒膽的傢伙還在裝死，本大爺可不陪你玩了！」

15 說完，魯達一溜煙地往城門方向跑去，圍觀的人都不敢攔他。

16 半個月後，魯達逃到了雁門縣，發現官府到處張貼告示，通緝捉拿自己！他一時不知如何是好。

17 這時，魯達又遇到了在酒樓見過的金老漢。金老漢為了報答魯達，就託人介紹他去五台山做和尚。

18 魯達的法名叫智深，但他並不守和尚的規矩，照樣喝酒吃肉。

19 一天，魯智深喝醉了酒，糊里糊塗地砸爛了寺院的菩薩像，還打傷了很多和尚。

20 方丈怕魯智深繼續鬧事，便介紹他去東京大相國寺，讓那裏的方丈管束他。魯智深自知理虧，只好離開五台山。

魯智深走啊走，沒多久來到了山下的市集。

1 在市集上，魯智深請鐵匠打了一把禪杖做武器，然後就往東京出發了。

2 到了東京，魯智深拜見了大相國寺的方丈。方丈早就聽說魯智深喜歡鬧事，就讓他去看守菜園子。

3 第二天，魯智深早早地來到菜園子報到，他對這份清閒的差事非常滿意。

4 沒過多久，一羣無賴拿着果盒、美酒來見魯智深。

5 為首的兩個無賴張三和李四假裝上前跪拜，其實，他們是想給魯智深一個下馬威，讓他出醜呢！

6 張三和李四趁魯智深不注意，上前抱住他的雙腳，想把他扔進糞坑裏。

7 魯智深看出了他們的心思，飛起兩腳，把他們踢進了糞坑。

8 這下，張三和李四害人不成終害己，只好向魯智深求饒。魯智深見他們已經受罰，就答應放過他們。

9 在同伴的幫助下，張三和李四狼狽地爬出了糞坑。

10 這羣無賴見魯智深的功夫這麼厲害，都對他佩服得五體投地。

11 魯智深和無賴坐下來喝酒。這時，柳樹上的烏鴉突然「哇哇」的叫個不停。

12 魯智深嫌烏鴉太吵，一怒之下，把柳樹連根拔了起來。無賴見這般情景，都不由得連聲叫好。

13 一天，魯智深給眾無賴表演舞禪杖。他正舞得起勁，忽然聽見牆外傳來一聲喝彩。

14 原來，在牆外叫好的人是八十萬禁軍教頭——豹子頭林沖。他見魯智深武藝高強，非常佩服。

15 魯智深和林沖兩人一見如故，意氣相投，便結為兄弟。

16 兩人正喝酒慶祝時，林沖家的侍女急匆匆地跑來，說：「不好了，有個無賴在五嶽樓調戲我們家夫人！」

17 這還得了！林沖一聽不禁急了，連忙趕到五嶽樓，準備好好教訓一下那個無賴。

18 沒想到，那無賴竟然是高俅的乾兒子高衙內。林沖只好忍着滿腔怒火，任由他逃跑了。

高衙內回家後，對林沖的妻子念念不忘。

1 沒過幾天，高衙內就得了相思病，精神萎靡，卧牀不起。

2 高俅心疼乾兒子，想幫他把林沖的妻子搶過來。於是，他找來手下陸謙設局陷害林沖。

3 一天，高俅聽説林沖買了把寶刀，就派人叫林沖把刀拿來看看。

4 林沖沒想太多，拿着刀來到了太尉府的白虎節堂。

5 高俅一看見林沖，就命手下把他抓起來，誣陷他是刺客，把他押進了官府。

6 林沖知道自己中了計，卻百口莫辯，最終被判發配到滄州。

7 陸謙花錢買通了負責押送林沖的差吏董超和薛霸，命他們在路上害死林沖。

8 二人收了錢，一路上使出各種法子折磨林沖，把他打得遍體鱗傷。

9 一天，他們途經野豬林。董超和薛霸見這裏十分偏僻，決定在此地害死林沖。

10 他們把林沖緊緊地綁在樹上，讓他一動也不能動。

11 薛霸舉起水火棍，面目猙獰地說：「算你倒霉，高太尉讓我們殺死你！」

12 眼看薛霸的棍子就要砸下來，突然，一把禪杖飛過來，撞飛了棍子。

13 原來是魯智深來了。兩個差吏見魯智深這麼厲害，嚇得魂飛魄散。

14 林沖怕鬧出人命，連忙讓魯智深住手。魯智深聽了，只好氣呼呼地饒了兩個差吏。

15 魯智深見林沖傷得很重，急忙割斷繩子，解開枷鎖，把他扶了起來。

16 為保林沖安全，魯智深決定護送林沖一程。就這樣，四人一起往滄州出發了。

17 一路上，魯智深把林沖照顧得無微不至。林沖的傷很快就好了。

18 快到滄州時，魯智深決定和林沖道別。臨走前，他劈斷一棵松樹，給兩個差吏來了個下馬威，不許他們再傷害林沖。

19 差吏嚇得直打哆嗦。魯智深覺得後面的路途不會再有危險，便和林沖告別，放心地走了。

第五回
山神廟雪恨

林沖、薛霸和董超繼續趕路，不久，來到了柴進家借宿。

1 柴進為人豪爽，喜歡結交英雄，人稱小旋風。他和林沖十分投緣，兩人一見如故。

2 在柴進家住了幾天後，林沖便辭別柴進，和兩個差吏來到了滄州，面見府尹。

3 府尹看在柴進的面子上，給林沖安排了一份輕鬆的差事——看守草料場。

4 轉眼到了冬天。一天，大雪紛飛，林沖覺得身上冰冷，便出去買酒喝。

5 買完酒回到草料場時，林沖發現自己住的草屋已經被大雪壓塌了。

6 林沖只好從倒塌的草屋下拉出一張被子，到附近的山神廟住下。

7 因為風大，林沖便搬了塊大石頭頂住寺廟大門，然後坐下來喝酒休息。

8 忽然，幾束火光從門縫透進屋裏。林沖湊近門縫一看，不好，草料場起火了！

9 林沖正要開門去救火，卻聽見門外傳來説話聲。他屏住呼吸，凝神細聽。

10 原來，説話的人是陸謙和滄州的差役、管營，他們正在得意地談論剛才放火燒掉草料場，密謀害死林沖的事情。

11 頓時，林沖聽得火冒三丈，移開石頭，提着槍，拉開廟門，大喝一聲衝了出來。

12 那三個人見是林沖，嚇得動都不敢動。林沖大步上前，舉起花槍，一槍就刺倒了差撥。

13 陸謙嚇得跪在地上拚命求饒。管營見形勢不好，轉身就逃，不料被林沖從背後一槍刺中。

14 陸謙見林沖連殺兩人，嚇得匆忙逃命。林沖趕緊追上去，將他掀翻在雪地，一腳踏住他的胸膛。

15 林沖從懷中掏出尖刀，罵道：「你這小人，竟然這樣害我，真是該死！」說完，不顧陸謙求饒，一刀刺向他的心窩。

16 林沖結束了那三個壞蛋的性命，覺得非常解恨。想到自己殺了人，不能再留在滄州了，於是他提着花槍，向東走去。

17 林沖走了幾個時辰，無意中又來到了柴進的莊園外。柴進熱情地留他住下。

18 住了六七天，林沖怕連累柴進，便向他辭行。柴進説：「梁山聚集了王倫、宋萬、杜遷等好漢，不如你也到梁山入伙吧。」

19 十多天後，頂着漫天大雪，林沖義無反顧地上了梁山。

第六回
赤髮鬼送信

東溪村保正晁蓋仗義疏財，深得江湖人士敬重。

1 一天，山東鄆城都頭雷橫在廟裏抓到了一個可疑的醉酒大漢，就把他帶到了晁蓋家裏借宿。

2 半夜，晁蓋偷偷送些食物給大漢吃。大漢說：「聽說晁蓋哥哥仗義疏財，我特地來投奔你。」於是，晁蓋決定救他。

3 第二天，晁蓋撒謊說那大漢是他的外甥。雷橫聽了，收了晁蓋十兩贖金，帶着士兵走了。

4 回到廳內，晁蓋取來幾件乾淨的衣服，讓大漢穿上，隨後問道：「你找我有什麼事？」

5 大漢說：「我是赤髮鬼劉唐，聽說梁中書要送大量財寶給太師蔡京祝壽，我想和你一起去搶這生辰綱。」晁蓋聽了很高興。

6 劉唐和晁蓋說完話，便回到客房休息。但他一想到雷橫錯抓了自己，就很生氣，決定找雷橫把銀子要回來。

7 劉唐提着刀出了大門，向雷橫離開的方向追趕過去。

8 不一會兒，劉唐就追上了雷橫一行人。他二話不說，舉起刀就砍向雷橫。

9 這雷橫也不好惹，忙舉刀相迎。兩人打了十幾個回合，仍不分勝負。

10 這時，一個秀才模樣的人上前勸解。此人正是智多星吳用。

11 吳用站在兩人中間，苦苦勸解。誰知，那兩人脾氣火爆，沒說兩句話，又要打起來。

12 吳用勸解不住，只見晁蓋披着衣服，從遠處匆匆趕來。

13 晁蓋忙向雷橫賠罪，説：「請都頭看在我的面子上，不要和我外甥計較。」雷橫聽了，就帶着士兵離開了。

14 晁蓋領着劉唐和吳用回到莊上，然後把劉唐的來意告訴了吳用。

15 後來，阮家三兄弟、入雲龍公孫勝和白日鼠白勝也加入了。眾人聚在一起，商量奪取生辰綱的大計……

第七回 楊志擔重任

另一方面，生辰綱如此重要，梁中書決定派高手楊志護送。

1 楊志武藝出眾，曾在高俅手下當差，後因得罪了高俅，被趕出了殿帥府。

2 楊志沒錢回老家，只好到街上賣刀，誰知遇上了無賴牛二。那牛二想要刀，但又不想付錢，就和楊志打了起來。

3 楊志見牛二蠻不講理，氣得火冒三丈，一刀就殺了牛二。

4 楊志隨即到衙門自首。府尹見他是條好漢，又為地方除了一害，便將他發配到北京大名府充軍。

5 大名府的梁中書是太師蔡京的女婿，很欣賞楊志，想讓他做軍中副牌，但又怕眾人不服，於是，讓楊志去校場比試武藝。

6 在校場上，楊志和急先鋒索超大戰了五十多個回合，仍不分勝負。

7 梁中書得知後，非常欣賞他們，就把他們都提升為管軍提督，並賞賜了很多金銀珠寶。

8 蔡太師的生日快到了，梁中書準備了生辰綱給太師祝壽，卻沒有合適的護送人選。他妻子蔡夫人向他推薦了楊志。

9 梁中書也覺得楊志武功高強，辦事細心，是最佳人選。於是，他把楊志叫到廳上，向他交代了運送生辰綱的事情。

10 梁中書說：「到時候我會派十輛車子，車上插着黃旗，寫着『獻賀太師生辰綱』的字樣。由你負責押送。」

11 楊志一聽，忙說：「不能這麼做。這一路上要經過很多強盜出沒的地方，強盜發現有金銀財寶，一定會來搶劫的。」

12 梁中書問楊志怎麼辦才好。楊志說：「我們打扮成商人，把禮物裝在擔子裏，悄悄送去東京。」梁中書聽了，連連稱讚。

13 當天，梁中書便叫楊志挑選士兵，捆裝禮物，做好出發的準備。

14 第二天，梁中書對楊志說：「夫人有禮物要送給親戚，她怕你不熟悉情況，特地讓謝都管和兩個虞候隨你一同前往。」

15 楊志說：「那他們得聽從我的安排，不然我就不去了。」梁中書說：「這個好辦，我會吩咐他們都聽你的。」

16 於是，梁中書吩咐謝都管和兩個虞候必須聽從楊志的安排。三人答應了。

17 第三天，財寶都在廳前裝好了，楊志率眾士兵辭別梁中書，準備上路。

18 出發前，梁中書把送給蔡太師的書信交給了楊志，並再三叮囑。

19 楊志率領眾人挑起擔子，踏上了護送生辰綱之路。

第八回
智取生辰綱

楊志一行人馬不停蹄、早起晚睡地往東京趕去。

1 正值五月中旬，天氣炎熱，士兵挑着擔子趕路，累得滿身是汗，苦不堪言。

2 一路上，士兵見到林子就想歇息。可是楊志為了趕路，看到有人停下來，不是責罵，就是用藤條抽打。

3 一天，他們來到黃泥岡，士兵躺在樹蔭下休息，說什麼也不肯走了。楊志沒辦法，只好同意休息片刻。

4 忽然，林中來了一夥賣棗的商人。楊志懷疑他們是盜賊，為了安全起見，他吩咐士兵不要理會那些商人。

5 不一會兒，一個漢子挑着一擔桶，唱着歌走上岡來。

6 士兵見了，上前問漢子：「你挑的是什麼？」那漢子說是白酒。

7 眾士兵聽了都嚷着要喝酒。楊志怕酒裏下了藥，不肯答應。

8 賣棗的商人卻不理會這一套，向漢子買了一桶酒，爭着大口大口地喝起來。

9 其中一個商人舀了半碗酒，藉口說要去取點棗子下酒。他走進林子，偷偷地在碗裏放了蒙汗藥。

10 那商人回來後，見買的那桶酒已經喝完，就舀起另一個桶裏的酒準備喝。

11 挑酒的漢子見了，急忙奪下酒碗，把酒倒回桶裏，生氣地說：「看你長得斯斯文文的，沒想到卻會偷酒喝！」

12 士兵聞着酒香，饞得口水直流，連謝都管也嚷着想喝酒。楊志見賣棗的商人喝了沒事，便同意大家買酒喝。

13 士兵聽了，高興地湊足了錢，把剩下的一桶酒買了下來。

14 謝都管、虞候、楊志和眾士兵你一瓢，我一瓢，很快就把酒喝光了。可是，不一會兒，他們一個個頭重腳輕，癱倒在地，不省人事。賣棗的商人見了，不禁大笑起來。

15 原來，這羣商人和挑酒的漢子都是晁蓋等人假扮的。他們把珠寶裝上車，向黃泥岡下走去。

16 楊志醒後，發現生辰綱已經丟失，不敢再回大名府，就歎了口氣，也下岡去了。

17 楊志不知不覺走到二龍山下，遇到了魯智深。兩人不打不相識，很快成了好朋友。

18 楊志聽說魯智深想奪取二龍山，便帶他來到好朋友曹正的酒店投宿。三人一起商量了一個奪取二龍山的好計謀。

19 第二天，曹正和楊志依照計劃綁着魯智深，把他帶到二龍山關口，騙取了頭領鄧龍的信任。

20 鄧龍坐在堂上，正想懲治魯智深，誰知魯智深大喝一聲，把繩索掙斷了。

21 鄧龍見魯智深氣勢洶洶，嚇得拔腿就逃。魯智深從曹正手中接過禪杖，一杖將鄧龍打翻在地。

22 數以百計的小嘍囉見鄧龍被魯智深打死，紛紛投降。就這樣，魯智深和楊志成了二龍山的新寨主。

晁蓋一夥得到了生辰綱，同時也招來了大麻煩……

1 謝都管和士兵清醒後，趕回大名府，把丟失生辰綱的責任全部推給了楊志。梁中書聽了，勃然大怒。

2 梁中書忙寫了公文，派人連夜送到濟州府，催促破案。蔡太師知道這件事後，也命人告訴濟州府尹，限十天之內破案。

3 府尹急了，找來緝捕使臣何濤，讓他儘快破案，否則就重罰他。

4 何濤不知道該怎麼辦。弟弟何清得知此事後，說：「聽說白勝最近搶了很多金銀，可能和這個案子有關。」

5 於是，何濤帶人抓住了白勝，還從他家裏搜出了很多金銀珠寶。

6 白勝受不住嚴刑拷打，只好招供，承認曾和晁蓋等人一起搶劫生辰綱。

7 查清案子後，府尹立即發下公文，命何濤帶領二十來人，去鄆城捉拿晁蓋一夥人。

8 何濤來到鄆城，正好知縣不在，他就在縣衙門口等着。這時，從縣衙裏走出來一個黑臉的押司，此人叫宋江。

9 宋江平時仗義疏財，樂於助人，大家都稱他為「及時雨」。何濤上前見過宋江，還請他到酒館喝酒。

10 幾杯酒下肚後，何濤說：「晁蓋等人在黃泥岡搶了生辰綱，小人請哥哥幫忙一起捉拿他們。」宋江聽了大驚失色。

11 宋江心想：晁蓋是我的結義兄弟，如果我不救他，他就死定了。於是，他找了個藉口離開酒館，騎馬往晁蓋莊上趕去。

12 話說搶完生辰綱後，阮氏兄弟分了錢財早已回家。這時，晁蓋正和吳用、公孫勝、劉唐在府中喝酒聊天。

13 晁蓋聽下人說宋江來到府上，急忙出來迎接。

14 宋江說：「你們搶劫生辰綱的事情已經被查出來了，官府正要抓你們，趕緊逃吧！」晁蓋聽了，大吃一驚。

15 宋江走後，晁蓋和吳用商量該怎麼辦。吳用說：「我們趕緊收拾東西，和阮氏三兄弟一同到梁山泊入伙吧！」

16 晁蓋等人收拾好東西，放火燒了莊園，隨後和阮氏三兄弟會合，一同投奔梁山。

17 宋江回到衙門時，知縣已經看到何濤帶來的公文。宋江料想晁蓋等人已走，故意説：「事不宜遲，今晚就去抓那些賊人吧！」

18 知縣當即下令，讓朱仝和雷橫兩個都頭前去抓人。

19 朱仝和雷橫帶着士兵趕到晁蓋的莊園，卻發現晁蓋早已逃走，只剩下一片廢墟。

晁蓋等人逃過官府的追捕，來到梁山。

1 在梁山，晁蓋一行人得到了好漢們的熱情款待。大家大口喝酒，大塊吃肉，非常熱鬧。

2 林沖非常佩服晁蓋等人，他知道梁山寨主王倫心胸狹窄，一定不會收留他們，就私底下去拜訪，看看他們有什麼打算。

3 林沖說出自己的擔心。吳用說：「既然這樣，我們只好離開。」林沖卻說：「你們放心，我自有辦法。」

4 不一會兒，小嘍囉請晁蓋等人去赴宴。吳用猜到林沖有殺王倫的意思，便讓大家把兵器都帶在身上。

5 席間，晁蓋多次提到入伙的事情，王倫每次都故意岔開話題。林沖氣得兩眼直瞪王倫。

6 王倫讓小嘍囉取五錠銀子給晁蓋等人，說：「我這裏地方太小，難以容納諸位好漢，你們還是去別的地方吧。」

7 林沖發火了，罵道：「上次我來的時候，你也這樣說。你真是個心胸狹窄的小人！」王倫大喝道：「你是不是想造反？」

8 吳用假意上前勸解，而王倫和林沖對罵得更厲害了。

9 林沖忍無可忍，一腳踢翻桌子，從身上拔出一把明晃晃的刀來。

10 吳用見時機已到，讓晁蓋等人故意擋住眾頭領，而旁邊的小嘍囉早已嚇得目瞪口呆了。

11 林沖猛地跳到王倫面前，一把將他揪住，一刀了結他的性命。

12 頭領們見了，都嚇得立刻跪在地上，不敢反抗。

13 於是，林沖請晁蓋坐上第一把交椅，對眾人說：「晁天王智勇雙全，是寨主的最佳人選，大家看怎麼樣啊？」眾人齊聲叫好。

14 晁蓋做了寨主後，梁山泊好漢按座次坐定。晁蓋下令讓大家囤積糧食，打造兵器，以防官兵來襲。梁山泊在晁蓋的統領下，欣欣向榮，越來越強盛。

晁蓋一直牢記宋江的救命之恩，想找機會報答。

1 一天，宋江在酒樓喝酒，赤髮鬼劉唐送來了晁蓋的書信和一百兩黃金。宋江推辭不了，就收下了信和一兩黃金。

2 宋江送走劉唐後，乘着月色去了小妾閻婆惜的家。

3 這時，閻婆惜早就睡了。宋江忙了一天也累了，就把公文袋和佩刀掛在牀邊的欄杆上，早早地睡下。

4 閻婆惜暗中有相好，因此與宋江的關係很冷淡。一想到這件事情，宋江就很生氣，整晚都沒睡得安穩。

5 好不容易熬到天亮，宋江起來穿上外衣，便出門上街了。

6 路上，宋江發現忘了拿公文袋，心想：如果被閻婆惜看到晁蓋的信就糟了。於是，他慌慌張張地又往閻婆惜家跑去。

7 可是，閻婆惜這時已經看見了晁蓋寫的信。她想：一定要好好地勒索宋江才行。想到這兒，她高興地躺下，繼續睡覺。

8 宋江一進屋，就去查看牀邊的欄杆，發現掛在上面的公文袋不見了，他嚇得臉色大變。

9 他問閻婆惜要袋子，閻婆惜說:「只要你把那一百兩黃金給我，我就把信還給你。」宋江說：「我只拿了一兩黃金啊！」

10 閻婆惜自然不相信，怎麼也不肯交出公文袋，宋江只好撲上前去搶。

11 兩人爭持一陣，宋江用力一扯，公文袋裏的佩刀掉落在牀上。

12 宋江一把搶過刀子，握在手上。閻婆惜以為宋江想要殺她，大叫救命。

13 誰知，閻婆惜這一喊倒提醒了宋江。宋江二話不說，舉起刀，殺死了閻婆惜。

14 宋江抓起公文袋，拿出晁蓋的信，在燈上燒了。

15 宋江殺了人，自知不能繼續留在鄆城，就告別親人，騎上快馬前往投奔滄州柴進。

宋江來到柴進的莊園後，結識了武松。

1 宋江見武松一表人才，心中非常喜歡，每日與他把酒言歡，直至深夜。

2 話說武松在柴進家已經住了很久，想起應該去看看多年未見的哥哥，他拿了包裹，提了哨棒，向柴進、宋江告辭了。

3 這天，武松走到陽穀縣的景陽岡下。中午時分，他來到一家酒館前，只見酒旗上寫着「三碗不過岡」的字樣。

4 武松對酒旗上的標語很好奇。他一進酒館坐下，就向店主打聽。店主說，店裏有一種酒，只要喝上三碗就會醉。

5 武松聽了，笑着說不相信。他讓店主端來酒和菜，一連喝了十八碗還沒醉。

6 武松吃飽喝足後，拿着哨棒就要走。店主忙說：「山上有虎，不如你在店裏住一晚，明天再走吧！」但是武松不相信。

7 武松走了大約四五里路，看到一棵樹上刻着「山上有虎」的字樣，以為是店主裝神弄鬼，便沒有理會，繼續上路。

8 武松不知不覺走到了岡下的山神廟，看見牆上貼着有虎傷人的公文，這才相信景陽岡上真的有老虎。

9 武松心想老虎沒什麼可怕的，就拿着哨棒走上山岡。這時已是傍晚時分，太陽快要下山了。

10 武松走了一陣子，酒意逐漸上來。他踉踉蹌蹌地走進樹林，看見一塊大青石板，便把哨棒靠在一邊，躺下休息。

11 突然一陣風颳過，一隻吊睛白額大老虎跳了出來。武松嚇出一身冷汗，酒也醒了。他抓起哨棒，閃到了青石邊。

12 老虎見了，就使出第一個絕招。牠兩隻前爪在地上一按，縱身跳起，撲向武松。武松見了，急忙閃到老虎身後。

13 老虎大怒，接着使出第二個絕招。牠把前爪搭在地下，把腰一掀，想掀翻武松。這次，武松還是躲開了。

14 老虎見掀不翻武松，急得大吼一聲，然後朝武松甩來鐵棒似的尾巴。武松縱身一跳，又閃開了。

15 趁老虎再轉身的時候，武松舉起哨棒，用力劈向虎背。哪知哨棒卻打在樹梢上，斷成了兩截。

16 老虎見狀，撲到武松面前。武松趁勢揪住虎頭上的花皮，把虎頭狠狠地按在地上，用盡全力打了六七十拳。老虎漸漸沒力氣了。

17 武松不敢鬆懈，拾起半截哨棒，使勁地再打了一兩百下，直到老虎最後一絲氣力也沒有了，才停下來。

18 武松想把老虎拖下山去，但發現根本拖不動！原來，他剛才打老虎的時候早把力氣用完了。

19 武松慢慢走下岡來，突然，從草叢裏鑽出兩隻「老虎」。武松心想這回死定了，誰知卻是兩個披着虎皮的獵户。

20 兩個獵户聽説老虎被武松打死了，就叫了十幾個人，點了火把，一同去把老虎抬下了山。

21 第二天，村民扛着老虎，抬着武松，敲鑼打鼓地進了縣城。人們紛紛來圍觀打虎英雄武松。

22 知縣見武松打死老虎，為民除害，就賞了他很多錢，還留他在陽穀縣做個都頭。

第十三回 武松報兄仇

在陽穀縣，武松與哥哥武大郎重逢。

1 兄弟重逢，兩人都興奮不已。説來也奇怪，雖是兄弟，武松長得高大英俊，武大郎卻矮小醜陋。

2 兄弟兩人見面後，武松跟着武大郎回到家中，拜見了嫂子潘金蓮。

3 潘金蓮長得很漂亮，和當地財主西門慶暗地通姦。兩人為了能天天在一起，竟趁武松出差時，偷偷毒死了武大郎。

4 兩個月後，武松回來了，一進門就看到了哥哥的靈位。他又驚訝又傷心。

5 潘金蓮說：「你哥哥得了急病，病了八九天就死了，幸好有驗屍官何九叔幫忙火化。」說完，假惺惺地大哭起來。

6 武松覺得哥哥死因可疑，就向何九叔打聽實情。談話間，他抽出一把尖刀，插在桌子上，恐嚇何九叔。

7 何九叔嚇得發抖，取出兩塊酥黑骨頭，說：「你哥哥的骨頭酥黑，肯定是中毒而死的。聽說賣水果的鄆哥知道真相。」

8 武松找來鄆哥。鄆哥說：「我和大郎曾經撞見西門慶和潘金蓮在一起。過了六七天，大郎就死了。」

9 武松帶着何九叔和鄆哥來到縣衙告狀，知縣卻不肯受理案子。原來，西門慶早就買通了知縣。

10 武松沒辦法，只好借着拜祭武大郎的機會，請鄰居來家中喝酒。

11 席間，武松逼潘金蓮說出武大郎的真正死因。潘金蓮心中害怕，就把自己與西門慶合謀毒死武大郎的事情都說了。

12 武松叫人錄了口供，然後一刀殺了潘金蓮，為哥哥報仇。

13 接着，武松又打聽到西門慶正在獅子樓喝酒，就匆匆趕到了獅子樓。

14 西門慶見武松來勢洶洶，正想逃走，不料被武松一把抓住，由獅子樓扔下去，當場摔死。

15 武松回家祭奠完哥哥後，隨即帶着潘金蓮的口供，到衙門自首。知縣佩服武松的為人，予以輕判，把他發配孟州牢城。

武松到了孟州牢城，非但沒受罰，日子還過得不錯。

1 在孟州牢城，武松得到了小管營，外號金眼彪施恩的熱心關照。他非常感激，就和施恩成了好朋友。

2 一天，施恩來找武松，說：「蔣門神仗着有張團練撐腰，搶走了我的酒館快活林，希望哥哥幫我奪回來。」武松答應了。

3 次日，武松故意喝得醉醺醺地來到快活林。只見店裏有三個大酒缸，櫃台後坐着一個婦人，正是蔣門神的小妾。

4 武松走進店裏，一坐下便敲着桌子，大喊要喝酒。酒保見了，急忙送上一壇酒。

5 武松喝了一口酒後，故意調戲蔣門神的小妾。那婦人非常生氣，大罵武松。

6 武松假裝生氣，衝到櫃台前，一把揪住婦人，把她扔進大酒缸裏。

7 酒保見了，全都跑過來要打武松。誰知，又有兩個酒保被武松丟進了酒缸，其他人嚇得一哄而散。

8 武松知道那些逃跑的酒保是去找蔣門神，就走出快活林，站在大街上等着蔣門神。

9 不久，蔣門神就怒氣沖沖地趕來了。他見武松喝得醉醺醺的，就縱身撲了過來。

10 武松舞起了醉拳，飛起一腳，踢中了蔣門神的小腹。

11 蔣門神痛得「啊呀」大叫一聲，捂着肚子，倒在地上不能起來。

12 武松趁機喝了幾口酒，上前又飛起一腳，蔣門神便被踢飛起來，重重地摔在地上，動彈不了。

13 武松追上一步，一腳踏住蔣門神的胸口，掄起拳頭，把蔣門神打得鼻青臉腫。

14 蔣門神痛得受不了，連連求饒。直到他答應退還快活林給施恩，武松這才住手。

武松幫施恩奪回了快活林，卻惹來了新的麻煩。

1 一天，張都監找到武松，說很賞識他的功夫，要請他做貼身隨從。

2 沒過多久，施恩接到了武松被抓的通告，十分吃驚。他打聽之下才知道，原來是張都監、蔣門神、張團練合謀陷害了武松。

3 最後，武松被判發配恩州。臨行這天，施恩來給武松送行，並提醒他小心押送的差吏。武松點頭說知道，然後就走了。

4 兩個差吏押着武松，走了七八里路，來到一個荒涼的河口。橋頭有座牌樓，牌額上寫着「飛雲浦」三個大字。

5 武松剛走到橋上，突然從身後衝上來兩個提着刀的大漢。

6 武松見來者不善，飛起兩腳，把他們踢下了河。

7 那兩個差吏見形勢不妙，轉身就逃。武松大喝一聲，兩手一用力，把脖子上的枷鎖折成了兩半。

8 武松追下橋去，從河邊撿起一把刀，上前殺了兩個差吏。

9 這時，掉進河裏的兩個大漢已經爬上了岸。武松見他們想逃，就衝上前去，砍死了其中一人。

10 另一個大漢被武松揪住頭髮，嚇得跪地求饒：「是張都監、張團練和蔣門神要我們來殺你的。他們正在鴛鴦樓喝酒！」

11 武松聽了大怒，把這個大漢也殺了。「我一定要殺了這些惡人，為民除害！」他發完誓，提刀往孟州城走去。

12 武松來到鴛鴦樓，正好聽見蔣門神、張團練和張都監在為他們的計謀得逞而慶功。

13 武松火冒三丈，衝進房裏，先殺死蔣門神；看見張都監想逃，就飛起一刀，將他劈死。

14 張團練見武松連殺兩人，就舉起椅子砸向武松。武松打碎椅子，一刀刺向張團練的胸口。

15 武松殺死那三人後，自知此地不可久留，就裝扮成未剃髮的修行者，投奔二龍山去了。

第十六回
小李廣被囚

人稱小李廣的花榮和宋江是朋友，兩人很久沒見面了。

1 一天，宋江接受花榮的邀請，來到清風寨做客。清風寨地處青州三岔路口，是官府為管治附近的盜賊特意設立的。

2 席間，宋江無意中說起自己認識清風山的三位頭領，並從他們手中救出了被囚在山上的清風寨知寨劉高的夫人。

3 一個月後正值元宵，宋江獨自去鎮上看花燈，不料被劉高的夫人認了出來，誣衊宋江是綁架她的強盜。

4 劉高聽信了夫人的話，以為宋江是清風山的強盜，就命人把宋江抓了起來。

5 任憑宋江怎麼解釋，劉高都不肯相信，還命人把宋江打得皮開肉綻，鮮血直流。

6 身為副知寨的花榮得知後，立即帶人救回了宋江。劉高雖然沒有阻攔，卻從此視花榮為眼中釘。

7 宋江知道劉高不會善罷甘休，便告別了花榮，趕去清風山躲避。誰知，半路上又被劉高的人抓了回去。

8 劉高把宋江關在家裏，又暗中寫信向青州知府報告，說花榮勾結清風山的強盜。

9 青州知府收到信後，命令鎮三山黃信帶人前去捉拿花榮。

10 黃信到了清風寨後，對劉高說：「明天我請花榮過來喝酒，到時候趁機捉住他。」劉高聽了連聲稱妙。

11 第二天，黃信請花榮到劉高家喝酒。席間，黃信把杯子一摔，埋伏在四周的士兵就衝上來，抓住了花榮。

12 花榮大喊冤枉。黃信說：「你勾結清風山的強盜，這罪還小？來人，把宋江帶上來。」

13 不一會兒，幾個士兵從外面推來一輛囚車。花榮見囚車裏關押着宋江，不由得大吃一驚。

14 黃信把花榮也關進了囚車，然後帶着人馬，押着兩輛囚車，直奔青州去了。

15 途經清風山時，清風山的頭領王英、燕順、鄭天壽帶人救走了宋江和花榮。黃信勢單力薄，只好逃走了。

第十七回
大戰清風山

犯人被劫走，黃信只好回去報告青州知府。

1 青州知府聽說宋江、花榮被劫走，大驚失色，急忙派黃信去找霹靂火秦明，商量對策。

2 那秦明脾氣非常暴躁，有萬夫不當之勇，很是勇猛。聽完黃信的匯報，他非常憤怒，發誓一定要抓住花榮。

3 這天，清風山的好漢聽說秦明要帶兵來攻打，就聚在一起商量對策。

4 秦明帶兵來到山下，選了個空曠的地方，擺開陣勢，擂鼓吶喊起來。

5 只見花榮帶着人馬，衝下山來。秦明責問他：「你為什麼要背叛朝廷？」花榮說：「我被劉高陷害，只好在這裏避難。」

6 秦明根本不相信花榮的話，揮動狼牙棒朝花榮打來。花榮提着槍，和秦明打了四五十個回合，也難分勝負。

7 花榮假裝抵擋不住轉身逃跑。等到秦明追來，他收起槍，舉弓射掉了秦明頭盔上的紅纓。秦明見此，只好退了回去。

8 秦明眼睜睜地看着花榮領着嘍囉上了山，心中非常憤怒，於是下令攻山。可是，他帶着人馬上山沒多久，就有無數檑木、石頭從山上滾下來，砸死了很多士兵。

9 秦明見狀，只好帶着殘兵退下山來。這時已是中午，秦明和士兵都累得筋疲力盡。

10 傍晚時分，士兵正在做飯。忽然山上有人大喊：「活捉秦明！」秦明聽了，氣得立刻翻身上馬，向山上追去。

11 追到半山坡，秦明見花榮正在山頂上陪着個黑矮漢子喝酒。他怕有埋伏，就說：「花榮，你下來，我要跟你大戰三百回合。」

12 花榮笑着說：「你太累了，就算我贏了也不光采。不如你先回去，等休息好了，我們再戰。」

13 秦明聽了這話更生氣了。他顧不上有埋伏，騎馬就往山上衝去，結果，連人帶馬掉進了陷阱。

14 這時，埋伏在樹叢中的王英、燕順等人，帶着小嘍囉衝了出來，活捉了秦明。

15 秦明被人綁在大廳中，花榮急忙上前為他鬆綁。秦明說：「我被你們捉了，心服口服，但是不知道哪位是頭領。」

16 花榮向秦明介紹了宋江和王英等人。秦明連忙跪拜宋江：「久聞哥哥大名，今日終於見到了。」宋江扶起秦明。

17 燕順說：「你的兵馬都沒了，不如留下來加入我們吧！」秦明搖頭說：「我是不會當山賊的。」眾人聽了，就不再提這件事。

18 當晚，燕順讓人安排了筵席，眾人一起喝酒，直到深夜。秦明只好在山上留宿了一晚。

第十八回
梁山小聚義

秦明吃了敗仗，青州知府肯定不會善罷甘休。

1 第二天，秦明回到青州城下，發現妻子竟然被青州知府殺了，並吊在城牆外示眾，氣得差點暈過去。

2 原來，青州知府以為秦明投奔了清風山，便將其視為反賊。秦明無處可去，只好加入清風山。

3 十幾天後，小嘍囉打聽到青州知府又要攻打清風山。宋江建議大家投奔梁山泊，眾人聽了都很高興。

4 正當宋江準備上梁山時，石將軍石勇給他帶來了弟弟宋清寫的家書。

5 宋江拆開信封，只見信上寫着：「父親病逝，速回奔喪。」他傷心極了，當場大哭起來。

6 宋江決定回家奔喪，就寫了封引薦信，讓燕順交給晁蓋，然後告別清風山的好漢，往家裏趕去。

7 花榮、燕順等人則帶着大隊人馬，經過長途跋涉，來到了梁山泊。

8 晁蓋看過宋江的信後，立刻下令準備豐盛的菜肴和美酒，在聚義廳大排筵席，熱情地招待各位好漢。

9 眾人喝酒吃肉，非常開心。喝完美酒，晁蓋高興地邀請大家去觀看山中美景。

10 眾人隨着晁蓋來到山上，走到寨前第三關時，天上傳來大雁的叫聲。

11 花榮見了，便取過弓箭，對眾人說：「我這枝箭要射中雁陣中第三隻大雁的頭。」

12 說完，花榮拉開弓，瞄準了大雁。只聽見「嗖」的一聲，雁陣中第三隻大雁急速往下墜落。

13 小嘍囉取回大雁一看，箭果然射穿了雁頭。晁蓋和眾人見了，都十分佩服花榮的箭術，稱他為「神臂將軍」。

14 眾好漢遊玩了一陣，又回到聚義廳喝酒，一直到深夜，才各自散去。

宋江急着回家奔喪，日夜不停地趕路。

1 宋江回到家後，發現父親好好的。原來，宋太公太想念宋江了，就故意說自己病逝，好讓宋江早點回來。

2 宋江正和父親說話，忽然，一隊官兵包圍了宋家莊，在外面大喊：「不要讓殺人兇手宋江跑了！」

3 宋江知道自己逃不掉了，便隨官兵來到衙門。因為他殺死閻婆惜的案子拖得太久，知縣便草草判他發配江州府。

4 經過梁山泊時，宋江和押送他的兩個差吏被吳用、花榮等人截住。吳用讓宋江加入梁山，宋江念及家中老少，推辭了。

5 吳用便交給宋江一封信，讓他轉交給江州節級戴宗。宋江收了信，便和大家道別了。

6 半個月後，宋江路過揭陽嶺時，結識了混江龍李俊、船火兒張橫等八位好漢。張橫讓宋江帶封家書給在江州的弟弟張順。

7 數日後，宋江來到江州府。他給知府蔡九、差撥等人送了很多銀兩，因而被派了一個輕鬆的差事。

8 一天，江州節級來視察工作，一見到宋江就大罵：「為什麼沒送銀兩給我？」宋江反問道：「哪有你這樣逼人要錢的？」

9 節級聽了非常生氣，找來一根棍子朝宋江打去。宋江說：「我沒送錢就該死，那結識梁山泊吳用又該當何罪？」

10 節級大驚，忙問：「你到底是誰？」宋江便說出自己的身分，還拿出吳用的信。原來，這節級正是神行太保戴宗。

11 戴宗看過信後，忙向宋江道歉，還請他到酒樓喝酒。宋江笑着答應了。

12 宋江和戴宗來到一家酒樓，一邊喝酒，一邊聊天，兩人相談甚歡。

13 他們正聊得高興，忽然從樓下傳來一陣吵鬧聲。戴宗問酒保是怎麼回事，酒保說：「是李逵在下面搗亂呢！」

14 戴宗聽了，笑着走下樓，不一會兒，領着一個黑大漢走了上來。這黑大漢正是黑旋風李逵。

15 李逵不認識宋江，粗聲粗氣地問戴宗：「這黑漢子是誰？」戴宗說：「他就是你常常說要去投奔的宋江哥哥。」

16 李逵聽了，「撲通」一聲跪在地上拜見宋江。宋江忙起身扶起他。

17 三人坐下來一同喝酒。李逵嫌杯子小，就換了大碗。宋江見李逵性情豪爽，非常喜歡。

18 喝了一會兒酒後，宋江想喝鮮魚湯，酒保卻說：「魚行主人沒來，所以今天沒有新鮮的魚賣。」

19 李逵聽了，跳起來說：「我去外面買兩條活魚給哥哥吃。」說完便出去了。

李逵離開酒樓，來到江邊。

1 李逵見江邊的漁船一字排開，便對船上的漁夫說：「拿兩條船上的活魚給我。」漁夫說：「主人沒來，不敢賣魚。」

2 李逵可不管這些，自己跳到船上拿魚，把裝魚的竹簍翻得亂七八糟。

3 漁夫急了，紛紛拿起竹篙追打李逵。可是李逵搶過他們的竹篙，把它們全都折斷。

4 李逵抓了兩條魚，跳上岸，準備往回走。這時，一個人從小路走了過來。漁夫見了，叫道：「主人，這黑大漢搶我們的魚。」

5 魚行主人聽了，氣得奔到李逵面前，抓着他的衣服，喝道：「你吃了豹子膽嗎？竟敢搶我的魚！」

6 李逵一把丟開魚，上前按住魚行主人的頭，提起左拳，狠狠打他的後背。魚行主人力氣不如李逵大，脱不了身。

7 李逵還想再打，突然有人從背後把他抱住，另一人拽住他的左手。原來是戴宗和宋江來了。魚行主人趁機掙脱逃走。

8 李逵只好跟着戴宗和宋江沿着江邊往回走。才沒走幾步，魚行主人又撐船趕來，還拿竹篙使勁地戳李逵的腿。

9 這下，李逵被惹火了！他縱身一躍，直接跳到了船上。

10 魚行主人見李逵上當，就故意把船弄翻。「撲通」一聲，兩人都掉進了水裏。

11 魚行主人仗着自己擅長游泳，一把揪住李逵的頭，按下又提起，提起又按下。李逵因此喝了一肚子水。

12 宋江和戴宗在岸上看得着急。聽説魚行主人叫張順時，戴宗忙喊道：「張二哥，快住手，這裏有你哥哥捎來的家書！」

13 張順聽了，拉着李逵的手往回游。他兩腳踏着水浪，就像走在平地一樣。圍觀的人見了，都拍手喝彩。

14 等張順上了岸，戴宗指着宋江説：「這位是及時雨宋江，他帶來了你哥哥的家書。」張順一聽，連忙向宋江行禮。

15 宋江見張順是條好漢，心中十分佩服。大家一起到琵琶亭喝酒聊天，非常開心。

第二十一回 宋江題反詩

宋江結識了許多朋友，日子過得相當清閒自在。

1 一天，宋江獨自一人出城散步。他沿着江邊走了一會兒，不知不覺來到了潯陽樓。

2 宋江來到樓上，選了個臨江的位置坐下，吩咐酒保上酒菜。

3 宋江一邊欣賞江景，一邊喝酒，不知不覺竟有些醉意。美景當前，宋江觸景生情，就在牆上寫了一首感懷詩。

4 第二天，通判黃文炳也來到潯陽樓，看到宋江的題詩，認為是「反詩」，就抄下來，打算到知府蔡九那兒告發宋江。

5 黃文炳拜見蔡知府後，遞上宋江的詩句，說：「宋江在詩中說，想賽過黃巢，看來他是打算學黃巢謀反了。」

6 蔡知府聽了，覺得有道理，就找來戴宗，讓他立即把宋江捉來審問。

7 戴宗領命後，偷偷跑去通知宋江，並讓宋江裝瘋賣傻，希望能瞞騙過去。

8 等戴宗帶人來捉拿時，宋江披頭散髮，在地上亂滾一通，還滿嘴胡言亂語。眾人都說：「原來是個瘋子，抓回去也沒用。」

9 戴宗回去向蔡知府稟報。黃文炳聽了，卻說：「看宋江詩中的語氣，就知道不是瘋子。他一定是在裝瘋。」

10 蔡知府覺得有道理，就把宋江抓了起來，把他打得皮開肉綻。宋江忍受不了，只好承認自己是在裝瘋。

11 蔡知府把宋江關進死牢後，就派戴宗送信給當今太師蔡京，信上說明了情況並請示該怎樣處置宋江。

12 戴宗領命後，離開了江州，日夜兼程地趕到梁山泊，把信交給了晁蓋。

13 晁蓋看了信後，想帶兵救出宋江，吳用卻說：「不如我們將計就計，讓他們把哥哥押送到東京，我們就可以攔路救人。」

14 於是，吳用找來擅長書寫的蕭讓，讓他模仿太師蔡京的筆跡，寫了封假信給蔡知府，吩咐他將宋江押到東京。

15 信寫好之後，吳用還讓人仿製了一枚朝廷印章，在信上蓋了個印。就這樣，戴宗帶着假信又趕回了江州。

第二十二回 好漢劫法場

戴宗走後不久，吳用暗中叫苦。

1 原來，吳用一時疏忽用錯了印章。晁蓋立即下令，派眾好漢連夜下山，趕去江州府。

2 戴宗回到江州府，把假信交給了蔡知府。蔡知府非常高興，準備押送宋江進京。

3 不料，第二天黃文炳看完信後，說：「這信是假的！請看這印章。大人應該盤問盤問戴宗。」

4 蔡知府找來戴宗，仔細盤問了送信的經過。戴宗根本沒去過太師府，回答得錯漏百出。

5 蔡知府知道自己被騙，氣得七竅生煙，便對戴宗嚴刑拷打。戴宗痛得受不了，只好招認了一切。

6 戴宗被關進大牢後，黃文炳對蔡知府說：「梁山的賊人一定會來救他們，大人應該盡快把宋江和戴宗殺了。」

7 於是，蔡知府頒發公文，下令七天之後將宋江和戴宗斬首示眾。

8 七天的期限很快就到了。行刑這天，獄卒把宋江和戴宗押往法場。吳用讓梁山好漢化裝成小販，混在人羣當中。

9 到了法場，劊子手讓戴宗和宋江跪在刑台上，等候行刑。蔡知府親自擔任監斬官。

10 午時三刻一到，蔡知府下令：「斬！」劊子手舉起明晃晃的鋼刀往戴宗和宋江的頭上砍去。

11 就在這時，只聽見「噹噹」兩聲鑼響，四周裝扮成小販的梁山好漢拿出刀槍，向法場衝去。

12 人羣中，一個黑大漢光着上身，握着兩把板斧，大吼着衝進了法場。他「呼呼」幾下，就把劊子手砍翻了，然後朝蔡知府衝了過去。

13 士兵見勢不好，趕緊護着蔡知府逃命。

14 小溫侯呂方和賽仁貴郭盛乘亂救下宋江和戴宗，背着他們，跟着其他好漢殺出重圍，逃到了城外。

15 晁蓋帶着眾人來到好友穆弘的莊上。晁蓋緊握宋江的手說：「兄弟，我們來救你了。」

16 宋江感激不已，又向晁蓋引薦身旁的李逵：「他是黑旋風李逵，要不是他，我恐怕早就死了。」

17 晁蓋非常佩服李逵的膽識和義氣。李逵知道晁蓋等人正是梁山好漢後，欣喜萬分，忙向他們一一行禮。

18 宋江這次從死神手中撿回了一條命，終於決定和眾人一起上梁山替天行道。

第二十三回
真假黑旋風

好漢重聚梁山，過起了快活又自在的日子。

1 一天，李逵想起了多年未見的母親，便提了朴刀，下山去接母親。

2 他正走着，忽然從樹叢中跳出一個舉着雙斧的大漢。那人喝道：「大爺我是黑旋風李逵，快留下買路錢！」

3 李逵一聽，大怒，喝道：「你這小賊是什麼東西，竟敢冒充大爺我！」説着，舉起朴刀向那漢子砍去。

4 漢子慌了，奪路想逃，卻被李逵一刀捅在腿上，跌倒在地。

5 李逵用腳踏住漢子的胸脯。那漢子忙說：「小人叫李鬼，因為大爺在江湖上有名聲，所以冒充大爺的名字，騙少許錢。」

6 李逵氣得奪過斧頭要砍李鬼。李鬼嚇得跪地求饒：「大爺，小人騙錢是為了養活家中八十歲的老母親啊！」

7 李逵聽了，心裏一軟，就放了李鬼，還給了他十兩銀子。李鬼接過銀子，道謝了好幾遍才離開。

8 李逵拿了朴刀，沿着山路繼續往前走。走了一會兒，他覺得餓了，看見山坳裏有兩間草屋，就走了過去。

9 一個年輕女人從草屋裏走出來。李逵遞上銀兩，說：「我是過路的客人，勞煩嫂子做些飯來吃。」那女人點頭答應了。

10 李逵坐了一會兒，就到草屋旁的山邊小解。這時，他看見李鬼一瘸一拐地從山下走來，一直走到草屋前。

11 李逵覺得蹊蹺，就跟過去看看究竟是怎麼回事。

12 李逵躲在屋外，聽見李鬼對草屋裏的女人説：「我今天遇到了真黑旋風！我打不過他，就騙他説家中有個八十歲的老母親，他這才放了我。不然，我可能見不到你了。」

13 那女人説：「剛才有個大漢出銀子叫我給他做飯。你去看看，如果是黑旋風，我們就用藥把他迷倒，然後把他身上的錢偷走。」

14 李逵聽了，氣得吹鬍子瞪眼，三步並作兩步衝到門邊。

15 這時，李鬼正好打開門。李逵一把揪住他，將他按在地上，抽出腰刀，結束了他的性命。

16 那女人見了，嚇得慌忙跑出院子，鑽進林子逃走了。

17 李逵見了，也不去追。他來到廚房，見飯菜已經做好，便大口大口地吃起來。

18 吃飽後，李逵放火燒了草屋，拿着朴刀繼續趕路。

第二十四回
朱富救李逵

李逵日夜兼程趕路，沒多久就回到了家。

1 和母親敘完舊後，李逵高高興興地背着母親，出發回梁山。

2 途中，李逵去找水給母親喝，回來卻發現母親不見了，地上只有斑斑血跡。

3 李逵循着血跡找到了一個老虎窩。原來母親被老虎吃了！李逵悲憤地揮舞着大刀衝進虎穴，把老虎都砍死了。

4 李逵成了打虎英雄。沒想到，李鬼的老婆認出了他，偷偷報告官府：「這打虎的漢子就是梁山泊賊人黑旋風李逵！」

5 於是，知縣定下計謀，在為李逵慶賀的時候，故意灌醉他，把他抓了起來。

6 幸好宋江派朱貴一直暗中保護李逵。得知李逵被抓，朱貴就找來弟弟朱富商量營救的辦法。

7 第二天，都頭李雲押着李逵上路，看見朱富和朱貴帶着酒菜在路邊等待。李雲是朱富的師父，所以看見朱富並沒懷疑。

8 朱富趕緊端上一碗酒，上前遞給李雲，說：「師父抓到梁山賊人，徒弟特來賀喜！」李雲聽了非常高興，就接過來喝了兩口。

9 朱貴趁機把酒菜分給隨行的士兵吃。士兵狼吞虎嚥，不一會兒就把酒菜都吃光了。

10 李雲和士兵準備繼續趕路，卻一個個渾身無力地翻倒在地。原來，朱貴和朱富在酒菜中放了蒙汗藥。

11 李逵大笑着掙斷繩子，奪過朴刀想殺李雲。朱富見了，急忙阻止：「不要傷了他，他是好人！」

12 李逵聽了，就轉身去殺士兵。朱富怕李逵傷人性命，連忙拉着他和朱貴一起離開了。

13 三人走了大約三五里路，朱富停下來說：「你們先走，一會兒如果李雲追來了，我就勸他上山入伙，免得他回去吃官司。」

14 李雲果真追了上來。朱富說：「黑旋風被人救走了，你回去一定會受罰，不如跟我上梁山吧！」李雲答應了。

15 於是，李雲隨着朱富追上李逵和朱貴，一行四人直奔梁山去了。

公孫勝想起自己已離家多日，就回家探望母親。

1 公孫勝家住薊州，他一去多日沒回梁山，晁蓋很擔心，就派戴宗去薊州打探消息。

2 戴宗在路上結識了錦豹子楊林。兩人在薊州四處打聽公孫勝的消息，一連找了幾天，都沒找到他。

3 這天，他們在街上閒逛，忽然聽見前面有人在吵鬧，走近一看，原來是一個大漢被一夥無賴糾纏。

4 這大漢名叫楊雄，是個劊子手，這天行刑回來，遭到無賴的糾纏。就在戴宗和楊林圍觀時，又一個大漢挑着柴走了過來。

5 只見那大漢放下柴擔，幾拳就將無賴打得東歪西倒。

6 楊雄這才得以脫身，施展出渾身本領。他一連打倒了好幾個無賴。

7 為首的無賴見勢不好，倉皇逃走。楊雄連忙追了上去。

8 挑柴的大漢完全沒注意到楊雄已經走了，只顧着打那幾個無賴。

9 戴宗和楊林見那大漢出手很重，擔心他會鬧出人命，就上前勸解。那大漢見楊雄已經脫身，就住了手。

10 戴宗佩服大漢的功夫，就拉着他來到酒館喝酒聊天。原來，這位大漢正是人稱拚命三郎的石秀。

11 戴宗聽説石秀在薊州靠賣柴度日，就送了十兩銀子給他，還説可以推薦他到梁山入伙。

12 三人正說着話，忽然看見楊雄領着二十幾個差吏走進店來。戴宗、楊林為了避免麻煩，趁店裏鬧哄，慌忙走了。

13 石秀起身迎向楊雄。楊雄感激地說：「謝謝你剛才出手相助。」石秀說：「只是小事，你不必放在心上。」

14 楊雄見石秀為人豪爽，就和他結拜為異姓兄弟。

15 不久，這對異姓兄弟惹了官司，便決定入伙梁山。途中，他們結識了精於偷盜的鼓上蚤時遷，三人志趣相投，結伴上了梁山。

第二十六回
求援李家莊

楊雄三人不停趕路，不久來到了祝家莊。

1 這天，楊雄、石秀和時遷來到祝家莊的一間小酒館，三人打算休息一下。

2 時遷見酒館沒肉下酒，就偷來一隻雞。不料，店小二發現了，說要把他們當成梁山賊人抓去見官。

3 楊雄等人聽了，非常憤怒，把店小二暴打了一頓，還放火燒了酒館。

4 三人覺得此地不宜久留，就逃離了祝家莊。不料走到半路時，時遷被祝家莊的人抓走了。

5 楊雄正打算和石秀上梁山找救兵，遇到了朋友杜興。杜興說：「不如去找我家主人李莊主幫忙。」然後把他們帶到了李家莊。

6 莊主李應得知楊雄二人的來意後，就寫了封信，讓杜興送到祝家莊，讓他們放了時遷。

7 過了好久，杜興才回來，憤怒地對李應說：「我把信送了過去，誰知他們看也不看就把信撕了，還罵你呢。」

8 李應聽了，頓時大怒，迅速召集了三百莊客，和楊雄、石秀、杜興一起前往祝家莊。

9 祝家三兄弟祝龍、祝虎、祝彪得到消息，提前做好了準備。李應等人一到祝家莊外，祝彪就騎着棗紅色的馬衝了出來。

10 李應説：「你憑什麼辱罵我？」祝彪道：「你和梁山賊人勾結，要不是看在我們兩家是世交，我早就把你抓起來了。」

11 李應大怒，拍馬奔向祝彪。祝彪舉槍迎敵。兩人你來我擋，打了十七八個回合。

12 祝彪逐漸招架不住，拍馬轉身往回逃。李應見了，趕緊追了上去。

13 誰知，祝彪突然回身一箭，射在李應的手臂上。李應大叫一聲，掉下馬來。

14 杜興見了，忙上前把李應救上馬，徑直趕回李家莊。

15 石秀和楊雄見李應受了傷，心裏很過意不去，再三道謝後，就告辭上了梁山。

第二十七回 初打祝家莊

楊雄和石秀來到梁山，受到熱情款待。

1 聽說祝家莊抓了時遷，晁蓋大怒，決定攻打祝家莊，救回時遷。

2 梁山好漢商量好攻打的計策後，宋江帶着大隊人馬浩浩蕩蕩地下山了。

3 快到祝家莊時，宋江派楊林和石秀先進去打聽消息。

4 等了半日，也不見他們回來，宋江心裏着急，便又派摩雲金翅歐鵬前去查看情況。

5 不一會兒，歐鵬回來報告：「我聽村民說祝家莊抓到了兩個梁山泊的探子。」宋江說：「石秀和楊林一定是被抓了，我們快去營救。」

6 於是，宋江傳令李逵、楊雄為先鋒，領軍來到祝家莊前。

7 這時，天已經黑了，城樓上不見一點燈火，吊橋也高高掛起。李逵拍着板斧叫陣，仍不見莊上有任何動靜。

8 宋江一看這情景，大叫一聲：「不好，中計了！」立即傳令從原路撤回。可是，原路早就被堵住了。正在這時，獨龍岡上突然亮起千百枝火把，利箭像雨點般射向梁山軍馬，埋伏在四周的祝家人馬也都殺了過來。

9 宋江趕緊命令眾人往有光亮、有房屋的地方撤退，可那些地方都被布下了機關，小嘍囉死傷不少。

10 宋江正着急，石秀趕來了，說：「哥哥，我探聽清楚了，只要見到白楊樹就轉彎，這樣我們就能出去了。」

11 大家按照石秀指的路走，可敵軍越來越多。石秀指着樹叢裏的紅燈說：「那是祝家軍的信號燈，必須滅了它才行。」

12 花榮聽了，便拉開弓箭，射滅了紅燈。祝家軍失去了信號燈的指引，一時亂了陣腳。宋江趁機領着眾人成功撤退。

13 宋江回到莊外的營寨後，正着急之際，楊雄說：「哥哥可以去找李應幫忙，他也許會有攻破祝家莊的辦法。」

14 宋江覺得楊雄說得有道理，第二天就帶着禮物，和花榮、楊雄、石秀一起前往李家莊拜訪。

第二十八回
再打祝家莊

可宋江來到李家莊，並沒有見到李應。

1 李家莊的主管杜興聽了宋江的來意後，說：「要攻下祝家莊，必須在白天時從東西兩面夾攻。」

2 宋江再次領着好漢來到祝家莊前，看見城樓上掛着兩面辱罵梁山好漢的大旗。宋江大怒，發誓一定要攻破祝家莊。

3 宋江按照原定計劃，領軍來到祝家莊的西面。這裏也有莊兵把守，吊橋被高高拉起來。

4 宋江剛下令士兵擺好陣勢，一女將就帶着人馬從西面殺了過來。宋江說：「聽説扈家有一位十分厲害的女將一丈青扈三娘，一定就是她了。哪位兄弟前去迎戰？」王英連忙站出來，說：「小弟願意。」

5 王英說完，就揮舞着長槍，拍馬迎了上去。扈三娘忙舞起雙刀，奮力迎戰。

6 兩人鬥了十多個回合，王英漸漸不敵。扈三娘一伸胳膊，把王英活捉了回去。

7 歐鵬急忙來救王英。祝龍看見了，怕扈三娘吃虧，就帶領三百莊兵衝殺出來。

8 秦明在陣中見歐鵬不敵祝龍，就衝上去幫忙。

9 秦明武藝高強，祝龍哪裏是他的對手，兩人才打了十多個回合，祝龍就招架不住，拍馬逃跑了。

10 祝龍的師父欒廷玉急忙帶了流星錘和長槍，衝出來幫祝龍。歐鵬上前迎戰，被欒廷玉飛起一錘，打下了馬。

11 秦明見了，急忙迎戰欒廷玉。兩人槍棒並舉，鬥了二十多個回合，不分勝負。

12 欒廷玉見鬥不過秦明，就拍馬朝旁邊的草叢跑去。秦明在後緊追不捨。

13 秦明一入草叢，就連人帶馬被絆馬索絆倒了。他還沒來得及掙扎起來，就被活捉了。原來，欒廷玉早在草叢裏埋有伏兵。

14 宋江見形勢不妙，就帶着兵馬往南逃去。欒廷玉、祝龍、扈三娘帶着莊兵在後面緊緊追趕。

15 宋江眼看要被抓住了！就在這危急時刻，石秀、花榮等人帶兵趕了過來，雙方人馬又混戰在一起。

16 扈三娘見宋江身邊沒人保護，就朝他殺了過去。宋江見了，急忙拍馬逃走。

17 他們一前一後，跑到了半山坡上。扈三娘正想活捉宋江，卻見李逵掄着兩把板斧，帶着七八十個小嘍囉趕了過來。

18 扈三娘自知不是對手，趕緊往樹林中逃去。誰知，林沖早就等在那裏了。他大喝道：「一丈青，看你往哪裏逃！」

19 扈三娘見無路可逃，只好硬着頭皮和林沖對打。兩人打了十多個回合，難分勝負。

20 林沖假裝不敵，等扈三娘用刀砍他時，一手把她從馬上活捉了過來。

21 林沖保護着宋江，押着扈三娘，和其餘梁山好漢會合後，先到村口安營紮寨。

22 扈三娘見梁山好漢義氣深重，便決定入伙梁山。

第二十九回 智破祝家莊

宋江連吃兩場敗仗，急得徹夜難眠。

1 第二天，吳用來找宋江，說：「登州軍官孫立想投奔梁山，特地獻上裏應外合的計謀，我們依計行事便可。」

2 孫立按照原定計劃，帶着解珍、解寶等人來到祝家莊門前，謊稱被委任為鄆城提督，專管梁山泊的事情。

3 莊主祝朝奉恭敬地把孫立請進莊內。孫立說：「我來這裏鎮守幾天，正好幫你們捉幾個梁山賊人。」祝朝奉聽了很高興。

4 第二天對陣，石秀上前挑戰孫立。打了五十多個回合後，石秀假裝不敵，被孫立活捉了。

5 回到莊內，祝朝奉向孫立敬酒慶賀。孫立說：「等我抓到晁蓋和宋江，再把他們押到東京，祝家莊就名揚天下了。」

6 幾天後，宋江兵分四路攻打祝家莊。欒廷玉、祝龍、祝虎、祝彪各帶人馬，分四路衝殺出去，和梁山好漢混戰起來。

7 孫立在莊內督戰，見莊內兵力空虛，就讓下屬把梁山泊的旗子插在門樓上。

8 解珍、解寶見到信號，就砍死了把守監牢的莊兵，放出了秦明、石秀等人。

9 秦明、石秀等人拿了兵器，在莊內殺了起來。解珍、解寶趁機四處放火。霎時間，莊內烈焰沖天，一片混亂。

10 祝朝奉見大勢已去，想投井自盡，不料被石秀趕上，一刀砍死了。

11 欒廷玉正和花榮廝殺，見莊內起火，想回去救援，卻被花榮從背後一箭射死了。祝龍和祝虎也在混亂中被殺。祝彪見勢不妙，逃到扈家莊。

12 扈家莊的扈成是扈三娘的哥哥，他不知道三娘已入伙梁山，為了救出被捉走的妹妹，他用繩子綁了祝彪，押着去見宋江。

13 扈成一行走到半路的時候，李逵趕了過來。他二話不說，舉起大斧砍死祝彪。扈成見形勢不妙，馬上改為投奔延安府去了。

14 攻下祝家莊後，宋江等好漢在莊內高興地喝酒慶祝，場面熱鬧極了！

第三十回
柴進陷牢獄

宋江想到柴進，便派李逵去請他上梁山。

1 不料，柴進接到家書，得知在高唐州的叔叔柴皇城遭到殷天錫的迫害，病倒了。柴進便帶着李逵一同趕往高唐州。

2 走了幾天，他們來到柴進叔叔家。誰知，叔叔才跟柴進說了幾句話，就斷氣了。

3 柴進痛哭一場後，悲傷的情緒才逐漸緩和。隨後，他命人為叔叔辦理後事，陳設靈堂。

4 幾天後，殷天錫騎着馬，領着二三十人來到了柴皇城的家門前，高聲叫裏邊的人出來說話。

5 柴進聽了，急忙走出來。殷天錫說：「限你三天之內把房子讓出來，不然就把你關進大牢！」

6 柴進非常生氣，正和殷天錫爭執時，只聽見一聲大吼，李逵從門內跳了出來。

7 李逵上前把殷天錫一手從馬上拉下來，一陣拳打腳踢。很快，殷天錫就沒氣了。

8 柴進見李逵闖了大禍，就說：「你快逃吧！我有太祖皇帝賜的丹書鐵券，他們不會為難我的。」李逵聽了，匆匆逃走。

9 不一會兒，就有兩三百個士兵手持刀槍，把柴皇城的家團團圍住。

10 眾士兵搜遍所有的房間都找不到李逵，就把柴進綁回了衙門。

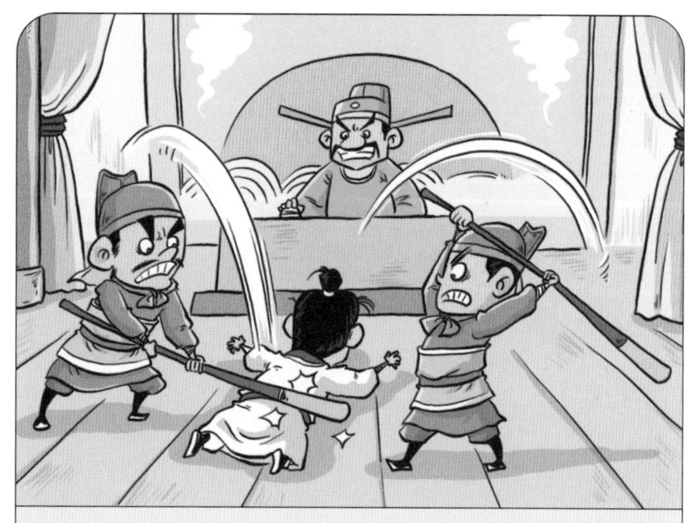

11 高唐州知府高廉是殷天錫的姐夫，他對柴進喝道：「你竟然打死了我的小舅子！來人，給我狠狠地打！」

12 酷刑之下，柴進被打得皮開肉綻，鮮血直流，他只好招認是自己讓人打死了殷天錫。

13 此時，李逵已經召集了梁山好漢趕到高唐州，準備營救柴進。

14 經過幾場激戰，梁山大軍終於攻破高唐州，殺死高廉，救出了柴進。

15 有了這番生死經歷後，柴進決定加入梁山。這下，梁山更加興旺了。

高廉是高俅的兄弟。得知兄弟被殺，高俅非常氣憤。

1 高俅將高唐州被破的消息稟報皇帝。皇帝非常震驚，就派了大將呼延灼、彭玘和韓滔領兵攻打梁山。

2 沒過幾天，呼延灼、彭玘、韓滔領着三路人馬浩浩蕩蕩地殺到了梁山泊下。

3 梁山好漢得到消息，便聚在一起商議退兵之計。最後，宋江下令，命秦明、林沖、花榮、扈三娘和孫立連番出擊。

4 第二天，兩軍對陣，韓滔大罵秦明。秦明也不答話，手舞狼牙棒，直衝過去，和韓滔打成一團。

5 呼延灼見韓滔打不過秦明，就上前幫忙。這時，林沖依計換下秦明，和呼延灼打了起來。

6 另一邊，扈三娘早已換下花榮，和彭玘打得難解難分。幾個回合後，扈三娘用套索活捉了彭玘。

7 呼延灼見彭玘被抓，連忙命連環馬衝上陣來。這連環馬都是馬戴鐵甲，人披鐵鎧，梁山好漢找不到破綻，只好收兵。

8 吳用聽說好漢金錢豹子湯隆的表哥徐寧有破連環馬的辦法，就把他請上了山。徐寧說：「只要做好鈎鐮槍，我自有辦法破敵。」

9 鈎鐮槍很快就做好了。徐寧選定了一批好漢，早起晚睡地訓練他們。沒過多久，這些人就能夠熟練地使用鈎鐮槍了。

10 這天，兩軍再次對陣，宋江讓鈎鐮槍手躲在蘆葦叢中，然後派步兵前去挑戰。呼延灼求勝心切，被引到蘆葦叢中。

11 等到呼延灼帶着連環馬衝過來時，只聽見一聲哨響，蘆葦叢中突然伸出無數鈎鐮槍。鈎鐮槍手先勾倒兩邊的馬匹，中間的甲馬便紛紛被拖倒，梁山好漢見狀，一擁而上，捆住跌倒的敵軍。終於，梁山好漢大敗連環馬。

12 呼延灼見中計，正想往南逃，卻發現自己早已被漫山遍野的梁山步兵包圍了。

13 呼延灼知道大勢已去，只好拚死殺出一條血路，逃走了。

14 混戰中，韓滔漸漸體力不支，被劉唐打翻在地，活捉了回去。

15 此時，彭玘已經歸順梁山，韓滔見了，便也答應入伙。就這樣，梁山又添了兩員猛將。

第三十二回
協力破青州

呼延灼不敢回京，只好投奔青州知府。

1 呼延灼答應青州知府帶兵攻打桃花山。誰知出發沒多久，就接到急報說白虎山的孔明、孔亮正攻打青州，便回去救援。

2 呼延灼帶兵來到青州城外，只見孔明、孔亮正帶着小嘍囉攻城。

3 呼延灼二話不說衝上去，和孔明打在一起。孔明不敵，被呼延灼活捉了。

4 孔亮見形勢不妙，就帶着小嘍囉逃走了。他聽說梁山好漢義薄雲天，就親自上山請宋江幫忙。

5 宋江得到消息後，帶着兵馬，與二龍山、桃花山和白虎山的人馬會合，把青州圍得水泄不通。

6 秦明手持狼牙棒，首先出戰。呼延灼舞着兵器迎戰。兩人鬥了五十多個回合仍難分勝負。

7 青州知府見兩人武功相當，怕呼延灼有意外，就下令收兵了。

8 當晚四更的時候，守城士兵向呼延灼報告：「宋江、吳用和花榮三人正騎馬在北門外山坡上偷看我們的城池。」

9 呼延灼大喜，認為可以乘機抓住宋江，就悄悄開了北門，衝出城外。

10 誰知，呼延灼剛追到城外山坡，就掉進陷阱，被梁山好漢活捉了。

11 宋江讓人把呼延灼帶上來，並親自替他鬆綁。呼延灼見宋江如此仗義，便決定入伙梁山，替天行道。

12 當晚，呼延灼帶着秦明、花榮等人來到青州城下，謊稱自己被俘後買通看守，逃了出來。

13 青州知府信以為真，便讓士兵打開城門。呼延灼乘機帶着梁山好漢衝進城內。

14 秦明見青州知府走下城來，就一棒將他打死，報了殺妻之仇。隨後，宋江帶着大隊人馬衝進城內，一舉攻破了青州城。之後，二龍山、桃花山和白虎山的頭領也都加入了梁山。

很多地方都與梁山作對，曾頭市就是其中之一。

1 曾頭市的曾家五虎搶走了金毛犬段景住準備獻給梁山的寶馬，晁蓋聽説後，便率領人馬前去攻打曾頭市營寨。

2 晁蓋的隊伍來到曾頭市城外，史文恭和曾家五虎曾密、曾魁、曾塗、曾升、曾索帶着大隊人馬出來迎戰。

3 曾塗指着梁山人馬罵道：「梁山草寇們，我們已經準備好了囚車，今天要讓你們好好領教曾家五虎的厲害！」

4 晁蓋聽了大怒，領着眾人殺了過去。曾家軍馬見梁山人多勢眾，邊戰邊退回了營寨。

5 因雙方都損傷了些人馬，就休戰數日。一天，兩個和尚找到晁蓋，說：「曾家五虎平日為非作歹，我們願意帶你們去劫寨。」

6 晁蓋很高興，帶領眾將，借着夜色，跟隨兩個和尚，悄悄前往曾頭市。

7 誰知，走到半路時，兩個和尚忽然不見了。晁蓋見周圍樹木叢生，路徑雜亂，怕有埋伏，就調轉兵馬沿原路折返。

8 他們沒走多遠，四周忽然鑼鼓震天，到處都是火把和曾家的人馬。

9 晁蓋知道中計，就和眾將急忙逃走。這時，天上箭如雨下，晁蓋冷不防被箭射中臉頰，大叫一聲掉下馬來。

10 呼延灼和燕順見了，急忙帶着晁蓋，拚死殺出重圍。

11 回到營寨後，林沖拔下晁蓋臉上的箭，發現是枝毒箭。由於毒性發作，晁蓋早已昏了過去。

12 晁蓋傷勢嚴重，眾人只好把他帶回梁山。宋江整天守在牀前，悉心照顧他。可是，晁蓋的傷勢越來越重。

13 一天夜裏，晁蓋突然醒來，對宋江說：「你一定要為我報仇啊！」說完，就去世了。宋江傷心地大哭起來。

14 眾好漢為晁蓋設立靈堂拜祭。山寨之中，所有人都披麻戴孝，以示哀悼。

為替晁蓋報仇，宋江連日攻打曾頭市。

1 因為幾次攻打都敵不過史文恭，吳用就帶着李逵下山，去大名府請史文恭的師兄——盧俊義幫忙。

2 到了城裏，吳用讓李逵打扮成道童，自己則打扮成道士，拿着鈴杵，喊道：「賣卦！能知生死，想問前程，卦金一兩！」

3 盧俊義正巧路過，聽了吳用的話，就請他給自己測算一下命運。

4 吳用拿出鐵算盤，裝模作樣地算了一通之後，故意說盧俊義百日之內會有血光之災。盧俊義嚇得臉色大變。

5 吳用又說：「我把卦歌寫在牆上，日後你就知道我的卦靈驗了。」說完，在牆上寫了四句詩。

6 盧俊義送走吳用之後，正想外出避難，就被官府以「叛變」的罪名抓走了。原來，牆上的題詩中含有「盧俊義反」的意思。

7 吳用回到梁山，派柴進、戴宗帶着黃金，買通了大名府的梁中書。盧俊義因此被輕判，發配到了沙門島。

8 盧俊義的總管為了侵吞盧家家產，就買通了差吏董超和薛霸，讓他們害死盧俊義。差吏得了好處，一路上不停地鞭打盧俊義。

9 這天，三人路過一片樹林，薛霸用繩子把盧俊義結結實實地綁在樹上。

10 董超依計走到樹林外把風。薛霸拿起水火棍，惡狠狠地對盧俊義說：「你的管家要殺你，兄弟我只好動手了。」

11 盧俊義聽了，知道難逃一死，就低頭認命。薛霸舉着水火棍，朝盧俊義腦門狠狠地打下去……

12 董超在林外聽見一聲慘叫，以為完事，就走進林子。只見盧俊義依然綁在樹上，薛霸卻倒在了地上，胸口插着一枝箭。

13 董超剛想叫喊，發現大樹上坐着一個人。那人舉起弓，射來一箭。董超閃避不及，也被射中倒地了。

14 原來那人正是盧俊義的僕人燕青。盧俊義見差吏被殺死了，罪名越來越重，只好讓燕青背着自己上梁山了。

15 走了十多里路，燕青把身受重傷的盧俊義安頓在路邊的小店休息，自己則進去林子打些雀鳥給主人吃。

16 誰知等燕青回來的時候，卻發現盧俊義又被聞風趕來的一兩百個差吏抓了起來，押回了大名府。

17 燕青沒辦法，只好上梁山報信求救。途中，他遇到了石秀和楊雄。三人商量後，決定讓石秀先去大名府打聽消息。

18 楊雄帶着燕青來到梁山泊，把盧俊義被抓的消息告訴了宋江。宋江決定立即發兵攻打大名府，救出盧俊義。

第三十五回 初戰大名府

石秀想隻身救出盧俊義，卻因寡不敵眾被抓了。

1 牢獄節級蔡福佩服梁山好漢的仁義，就沒有為難盧俊義和石秀。

2 梁中書聽說宋江領軍來犯的消息後，命令急先鋒索超和天王李成分別在城外飛虎峪和槐樹坡紮寨，以對抗梁山大軍。

3 第二天，索超得知梁山大軍快要殺到飛虎峪了，就叫李成帶兵過來合力迎敵。

4 不一會兒，李逵就殺到寨前。索超帶着人馬朝李逵衝去。李逵並不迎戰，而是帶人四散逃走。

5 李成、索超向前追殺了十多里地，忽然聽見一聲鑼鼓響，從山坡後隨即衝出兩路人馬。他們這才發現中計了。

6 李成和索超拚命廝殺，好不容易突出重圍，退回到槐樹坡寨內。

7 梁中書收到戰敗的消息後，讓大將聞達前往支援。而宋江也率領着大隊人馬來到了槐樹坡。

8 第二天一早，兩軍對陣。秦明首先出戰，和索超鬥了二十多個回合，難分勝負。

9 韓滔見秦明不能取勝，就暗中朝索超射了一箭。索超沒有提防，左臂中箭，敗下陣來。

10 宋江趁機帶着眾好漢一起衝殺過去。聞達自知不敵，就和索超、李成逃回城內。

11 蔡京聽説大名府遭受重創，就派大刀關勝、郝思文和宣贊帶兵前去救援。

12 這天晚上，關勝正在營中休息，呼延灼突然來訪，說是想歸順朝廷，希望能將功贖罪。關勝聽了，非常高興。

13 第二天，宋江帶着人馬前來挑戰。呼延灼指着宋江喝道：「你這無知小吏，能做什麼大事，看我殺了你！」

14 宋江大怒，讓黃信迎敵。誰知，黃信和呼延灼才打了十多個回合，就大敗而回。關勝見了，更加信任呼延灼了。

15 到了晚上，呼延灼帶着關勝前去偷襲。他翻過幾座山頭，只見不遠處有一盞紅燈，呼延灼說：「那就是宋江的軍營。」

16 關勝聽了，忙帶着人馬衝過去。來到燈下，他發現營寨是空的，這才知道中計了。

17 這時，四周鑼鼓震天，兩邊草叢中伸出無數把撓鈎。關勝無處可逃，很快就被勾下戰馬。

18 那些撓鈎手衝上前，七手八腳把關勝捆了起來。接着，郝思文和宣贊也被活捉了。

19 天亮後，關勝、郝思文、宣贊被帶到宋江面前。宋江親自為他們鬆綁。關勝等人見梁山好漢義氣深重，便決定入伙梁山。

第三十六回 再戰大名府

收服關勝後，宋江繼續想辦法營救盧、石二人。

1 第二天，宋江領兵向大名府進發。這次出兵，又增添了混江龍李俊、醜郡馬宣贊、井木犴郝思文等人。

2 此時，梁中書正為索超傷癒擺酒慶賀，聽說宋江又來攻打，嚇得目瞪口呆，手足無措。

3 索超說：「大人不用驚慌，上次我是中了冷箭，他們才會得逞。這次我一定將他們打敗！」梁中書這才放下心來。

4 不久，兩軍在飛虎峪交鋒。關勝率先出陣，索超揮舞着大斧，上前和關勝打鬥起來。

5 李成見索超漸漸招架不住，便出陣夾攻關勝。宣贊、郝思文見了，也上前為關勝助戰。五個人混戰在一起，打得難解難分。

6 宋江把鞭子一揮，帶着梁山大軍殺過去，大名府官軍抵擋不住，紛紛逃回城內。

7 梁山大軍追至城外，安紮營寨。第二天晚上，竟下起了大雪。

8 吳用見天降大雪，不由得心生一計。他高興地找到宋江，說出了自己的計策。

9 這邊的索超守在城上，遠遠看見梁山士兵衣衫單薄，一個個在雪地裏冷得直發抖，就高興地想：出兵的時機到了！

10 索超領着士兵，衝殺出來。梁山士兵見了，四散逃亡。索超哪肯罷休？騎着馬緊追不捨。

11 李俊故意把索超引到事先布好的陷阱旁，只聽見「撲通」一聲，索超連人帶馬掉了進去。

12 李俊連忙帶着埋伏在周圍的士兵把索超抓了起來，押往營寨。

13 索超被帶到宋江面前，宋江親自幫他解開綁繩。索超見宋江對自己有情有義，便答應加入梁山。

14 又過了幾天，梁山大軍還是沒有攻下城池。宋江正為此事煩惱，不料背上生出一顆毒瘡，卧牀不起，心裏更鬱悶了。

15 吳用讓張順請來神醫安道全，幫宋江治病。很快，宋江的身體痊癒了，攻打大名府的最佳時機也到了。

第三十七回
火燒翠雲樓

轉眼間，一年一度的元宵佳節快到了。

1 正月初五那天，梁中書找來聞達、李成，商量元宵節放花燈的事情。

2 聞達說：「到時我會四處巡邏，請大人放心看花燈。」梁中書聽了很高興，就叫人貼出告示，讓大家在元宵節放花燈。

3 元宵節這天，時遷、解珍、解寶等人裝扮成小販的模樣，混進了城裏。

4 天剛黑，明月就升起來了。城內到處都在燃放煙花爆竹，非常熱鬧。

5 蔡福剛回到家，柴進就找到他，說：「我想去看看石秀和盧俊義。」蔡福聽了，答應帶他去牢裏探望二人。

6 當晚，時遷挽着籃子，裝作賣花的人混進翠雲樓，四處查看。翠雲樓是有名的酒樓，很多人都在這裏慶元宵。

7 二更時分，街外忽然響起一片喊聲，隨後不少殘兵敗將跑進城來，大喊：「梁山大軍打來了！」霎時，大街上一片混亂。

8 翠雲樓上的客人也紛紛往外逃去，時遷趁機在樓上四處放火。埋伏在城內的好漢見翠雲樓起火了，全都拔出刀槍棍棒，四處喊殺起來。

9 此時，公孫勝趁亂在城隍廟裏放起風火炮，震天動地。

10 杜遷、宋萬、李應、史進等人則一起衝到大名府東門，砍倒了守門士兵，打開城門。

11 城外，梁山大軍早已把大名府團團圍住。吳用見李應奪下東門，便帶着士兵衝進城內。

12 梁中書見大名府失守，就和李成帶着幾十名士兵殺出南門，倉皇逃走了。

13 柴進趁着城中混亂，殺死看守牢房的差吏，救出了盧俊義和石秀。

14 吳用見大名府已經被攻下，就讓士兵撲滅了城中的大火。

15 第二天，梁山好漢還打開糧庫，把糧食分給城內百姓。百姓背着分到的糧食，個個喜笑顏開，向梁山好漢豎起了大拇指。

16 眾好漢休息整頓了一陣子，帶着繳獲的錢糧，回到了梁山。經歷了這番波折，盧俊義也帶着燕青入伙梁山了。

第三十八回 燕青打擂台

燕青不但聰明靈巧，而且擅長相撲。

1 一天，燕青聽說有個叫任原的人在廟會上設了擂台，自稱相撲天下第一。燕青想去跟他比試比試。

2 得到宋江的允許後，第二天一早，燕青穿戴整齊，和李逵一起下山，趕往廟會。

3 任原在二三十個大漢的簇擁下，登上擂台，說：「如果今年還沒有對手，我就回鄉不來了。有沒有敢上來挑戰我的？」

4 燕青在台下聽了，叫道：「有！有！」說完，踩着看客的肩膀，跳上了擂台。

5 燕青說：「我來和你比試比試。」說完，脫去上衣，在擂台一邊擺好了架勢。台下的人見了，紛紛拍手喝彩。

6 任原巴不得立刻就把燕青扔到九霄雲外去。他慢慢逼近燕青，將左腳露個破綻，然後突然踢出右腳。

7 燕青見了，猛地躍起身子，從任原的左肋下鑽了過去。

8 任原撲了個空，正想轉身去抓燕青，卻被燕青搶先一步。燕青用力舉起任原，往台下扔去。

9 任原的眾徒弟見師父被扔下了台，都氣勢洶洶地衝上台來，想打燕青。

10 李逵在台下見了，氣得吹鬍子瞪眼。他拔出兩根木柵欄，一路亂打起來。圍觀的看客都嚇得四散逃走。

11 李逵奔到任原跟前，見他還活着，二話不說，舉起一塊大石頭，把他狠狠地砸死了。

12 燕青怕惹出亂子，正打算和李逵離開。誰知得到消息的官兵早把廟門堵住了，還往廟內射起亂箭。

13 燕青和李逵只好爬上屋頂，揭下瓦片，向官軍亂砸一通。

14 這時，暗中保護他們的盧俊義帶着眾好漢衝殺過來。

15 官兵見到梁山大隊人馬，嚇得倉皇逃跑。燕青和李逵得救了。

劫難過後，燕青和李逵的關係更好了。

1 這天，燕青和李逵在外辦完事往回趕。走到半路，他們見天色已晚，便到一戶姓劉的莊園借宿。

2 半夜裏，隔壁劉太公屋裏傳來陣陣哭泣聲。李逵被吵得無法入睡。

3 天亮後，李逵找劉太公詢問原因。劉太公說：「我女兒被梁山泊的宋江搶走了，老伴悲傷難過，哭了一夜。」

4 李逵聽了，大怒道：「想不到宋江口是心非，不是個好人！我一定要救出劉太公的女兒。」

5 李逵氣呼呼地回到梁山，舉起斧頭砍倒了廳前掛有「替天行道」大旗的木柱。宋江見了，質問道：「你這是幹什麼？」

6 李逵聽了，舉起斧頭要砍宋江。眾人見了，忙搶下斧頭。宋江怒斥道：「你到底想幹什麼？」

7 李逵大吼：「你為什麼要搶劉太公的女兒？」宋江說他誣陷好人。李逵說：「如果我誣陷你，這顆頭就給你！」

8 於是，兩人當眾立下軍令狀，約定一起下山，去找劉太公驗證。

9 宋江、李逵、燕青等來到劉太公家，讓劉太公辨認。劉太公看了半天，連連搖頭。

10 原來有歹徒冒充宋江強搶民女。事情弄清楚後，宋江對李逵說：「回到山寨，我再和你算賬。」說完就走了。

11 燕青和李逵出了莊園。李逵説：「既然我錯了，就割下這顆頭好了。」燕青忙上前阻止，還幫他想了個負荊請罪的辦法。

12 李逵回到梁山，光着上身，背着荊條，跪在宋江面前。宋江説：「我和你賭的是砍頭，誰讓你負荊？」

13 眾好漢聽了，都幫李逵説好話。在眾人的勸説下，宋江答應給李逵戴罪立功的機會。

14 後來，李逵想辦法抓住了假冒宋江的歹徒，救回了劉太公的女兒。宋江這才原諒了李逵。

第四十回
大仇終得報

曾家五虎一再與梁山作對，真是可惡。

1 一天，段景住回來報告說，曾家五虎又把他們的馬搶走了。宋江怒斥道：「真是可恨，晁蓋哥哥和奪馬之仇我一定要報！」

2 吳用打探清楚曾頭市的情況後，就和宋江定下了作戰計劃。

3 曾頭市探子把梁山大軍進犯的消息報告給了曾弄和史文恭。史文恭說：「只要多挖陷阱，就一定能抓到梁山賊人。」

4 梁山大軍殺到後，曾塗披掛上馬，率先出戰。呂方提着方天畫戟衝上前，和曾塗打了起來。

5 兩人打了三十多個回合，呂方漸漸招架不住。郭盛見了，連忙上前幫忙。三人打成一團。

6 花榮怕呂方和郭盛吃虧，就暗中向曾塗射了一箭。

7 只聽曾塗大叫一聲，掉下馬來。呂方、郭盛雙戟並舉，刺死了曾塗。

8 史文恭聽説曾塗戰死後，決定偷襲梁山大軍。到了二更左右，他帶着曾密、曾索等人悄悄來到梁山營寨附近。

9 誰知衝進去一看，營寨竟是空的。史文恭這才知道自己中計，急忙傳令撤軍。

10 這時，四周一陣鑼鼓響，無數火把瞬間點亮，梁山士兵衝殺過來，把史文恭等人團團圍住。

11 混戰中，曾索被解珍一叉刺死。史文恭和曾密等見勢不妙，狼狽地逃了回去。

12 太公曾弄見又死了一個兒子，非常傷心。他擔心打不過梁山大軍反而弄得家破人亡，就寫信向宋江求和。

13 宋江收到信後，見上面沒有賠罪的誠意，非常生氣。吳用決定將計就計，派時遷、李逵等五人前去假意講和。

14 五人來到曾頭市，受到了曾弄的熱情招待。曾家不僅歸還了搶來的馬匹，還交出了帶頭搶馬的郁保四。

15 時遷等人把郁保四帶回營寨。吳用對郁保四說：「只要你歸順我們，回去後依計行事，就免你一死。」郁保四想了想，便答應了。

16 郁保四回到曾頭市，對史文恭說：「宋江無心講和。聽説青州兵馬就要趕到，宋江一夥十分驚慌，我們今晚正好趁機偷襲。」

17 當天晚上，史文恭、曾密、曾魁等人帶着士兵，又來偷襲梁山軍營。進入營地後，他們發現裏面空無一人，知道又中計了。

18 史文恭急忙傳令退軍。這時，梁山好漢從四面殺了過來，史文恭拚死突出重圍。

19 史文恭逃進一片樹林，正想休息，不料從林中跳出兩個人，大喊：「史文恭，哪裏逃！」史文恭閃躲不及，被砍中了大腿。

20 原來，這兩人正是盧俊義和燕青。他們活捉了史文恭，帶回山寨。在晁蓋靈堂前，宋江下令處死史文恭。

21 晁蓋的仇終於報了。大家一致推舉宋江做梁山的新寨主。宋江推辭不過，只好答應。

22 眾好漢按次排序，一共是一百零八位。宋江讓人做了「忠義堂」的牌匾掛在廳前，又在山頂上豎立一面大旗，上面寫着「替天行道」四個大字。梁山好漢在宋江的帶領下開始了新的征途。

孩子愛讀的漫畫四大名著

水滸傳

原　　著：施耐庵
改　　編：幼獅文化
責任編輯：陳奕祺
美術設計：張思婷
出　　版：園丁文化
香港英皇道 499 號北角工業大廈 18 樓
電話：(852) 2138 7998
傳真：(852) 2597 4003
電郵：info@dreamupbooks.com.hk
發　　行：香港聯合書刊物流有限公司
香港荃灣德士古道 220-248 號荃灣工業中心 16 樓
電話：(852) 2150 2100
傳真：(852) 2407 3062
電郵：info@suplogistics.com.hk
印　　刷：中華商務彩色印刷有限公司
香港新界大埔汀麗路 36 號
版　　次：二〇二二年六月初版

版權所有．不准翻印

本書香港繁體版版權由幼獅文化（中國廣州）授予，版權所有，翻印必究。

ISBN: 978-988-7625-05-6
Traditional Chinese Edition © 2022 Dream Up Books
18/F, North Point Industrial Building, 499 King's Road, Hong Kong
Published in Hong Kong, China
Printed in China